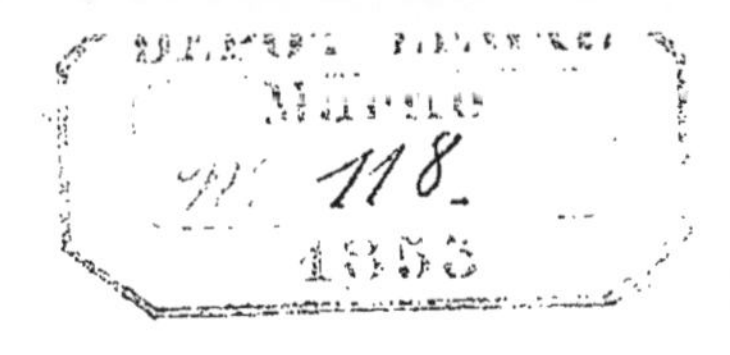

L'APOTHÉOSE

DE

LA FEMME.

[illegible], IMPRIMERIE DE E. LUTON.

HOMMAGE

A SA MAJESTÉ

L'IMPÉRATRICE DES FRANÇAIS.

O vous, noble princesse en odeur de bonté,
Des plus hautes vertus et de la sainteté !
Très-grande et très-illustre entre toutes les femmes,
Qui brillerez au ciel parmi les belles âmes,
Permettez qu'en ce jour j'ose vous adresser
Un poème où l'auteur voudrait bien encenser
L'ouvrage si parfait, si bon et si sublime
De notre Dieu puissant, très-grand, très-magnanime,
Et qu'il a bien voulu parmi nous propager,
Afin qu'en cette vie il puisse soulager
L'homme, son doux ami, de ses douleurs amères,
Par son affection et ses vertus si chères :
Mais qu'une accoutumance et de vifs intérêts
Rendent indifférent à ses brillants attraits,
Comme à ses qualités, autant dire immortelles,
N'étant à comparer aux choses matérielles
Qui flattent son orgueil et sa cupidité,
Et lui font négliger son immortalité.

Voulant le rappeler vers la loi d'origine,
Révélée à nouveau par la bonté divine,
Mais dont tous les mortels sont trop peu soucieux.
Ces biens ne se montrant de suite sous leurs yeux,
Il ne leur semble pas que l'éternelle vie
Est la suite en tous points de celle ici suivie.
Je m'inspire vraiment du sentiment de l'âme
Qui règne en votre cœur, auguste et noble dame !
Quand je crie assez haut pour être bien compris :
« Que la femme est pour nous d'un ineffable prix
» Pour nous accompagner dans la morne vallée
» Et parvenir ensemble en la voie étoilée ;
» Que c'est là son mérite et sa condition,
» Préférables en tout à cette ambition
» Qui s'attache toujours à des biens périssables,
» Engendrant bien souvent des maux épouvantables,
» Qu'ici-bas notre Dieu souffre patiemment,
» Réservant pour la mort l'éternel châtiment. »

O vous, en votre esprit, comme un ange, immortelle,
Acceptez cet écrit d'une lyre fidèle,
Et daignez recevoir de votre humble sujet
Son très-sincère hommage et son profond respect !

L'APOTHÉOSE

DE

LA FEMME.

PROLOGUE.

J'ose entreprendre, hélas ! une tâche éminente,
Qui jette en mon esprit la crainte et l'épouvante.
Suis-je donc inspiré pour un si grand sujet ?
Pourquoi donc l'entreprendre? Ah ! c'est un saint projet

Loin de moi les faux dieux de la mythologie,
Qui depuis bien longtemps ornent la poésie;
Soit la sage Minerve, ou le savant Phœbus,
Le culte des faux dieux renferme trop d'abus.
Je ne veux encenser que la vertu solide
Que la religion place sous son égide;
Elle seule entendra ma lyre et mes accents,
Et sur ses saints autels brûlera mon encens.

Mais comment rapporter, dans mon faible langage,
Les hauts faits de ce Dieu toujours si bon, si sage,
Qui, venant dans ce monde, y fit luire le bien
Sans secours politique et sans aucun lien?
Nous étions tous plongés dans l'horrible matière,
Pour nous ne brillait plus la divine lumière,
Et nous restions ainsi dans notre obscurité,
Préférant le mensonge à la réalité.
Notre maître a parlé : maintenant l'ignorance
Est un vice coupable, indigne d'indulgence.
Notre voie est tracée, il ne faut plus choisir ;
Marchons-y librement, sans crainte et sans rougir.
Mais si mon faible esprit se trouble et s'il hésite,
Il me faut invoquer cette femme d'élite
Dont la grande vertu mérita du Seigneur
De porter en son sein notre divin Sauveur.

« A ton culte béni combien je suis fidèle!
» Daigne donc soutenir mes efforts et mon zèle,
» O toi, Reine des Cieux! dont le saint dévouement
» Éleva nos esprits vers le vrai firmament,
» Nous montra le chemin de la gloire éternelle
» En remportant toi-même une palme immortelle!
» Je sais que je suis loin, dans mes simples écrits,
» De mériter de toi le plus infime prix ;
» Je sais que ma sagesse est loin d'être assez grande
» Pour que tu veuilles bien agréer ma demande.
» Je compte uniquement sur ta grande bonté
» Pour faire luire en moi l'auguste vérité.
» Maintenant, pénétré de ton illustre grâce,
» Je me sens enflammé d'une bien digne audace.

» Sous tes auspices saints je franchis les degrés,
» Et j'espère obtenir un merveilleux succès
» Pour jeter la lumière au milieu des ténèbres
» De ces esprits subtils qui se croient célèbres,
» Qui, tels que les démons contre Dieu révoltés,
» Ne font jamais l'aveu de leurs iniquités.
» Ce n'est qu'en détruisant jusqu'au fond leurs abîmes
» Que l'on peut extirper leurs mauvaises maximes,
» Dont le plus petit fil, s'il n'est enfin rompu....
» Mais de le rompre, hélas ! qui jamais l'aurait pu,
» Si Jésus, en venant de ce monde invisible,
» Ne nous eût pas rendu la vérité sensible ?
» Maintenant, éclairés sur nos vrais intérêts,
» Pleurons et rougissons de nos vœux indiscrets.
» Toi qui fus dans le temps la meilleure des femmes,
» O Vierge, tu m'entends ! ô Vierge, tu m'enflammes ;
» Je sens dans mon esprit les plus touchants transports
» Et ma lyre avec feu rend les plus doux accords
» Pour dire et célébrer la plus divine cause,
» O femme ! ton [illegible]

CHANT Ier.

LA FEMME EST RELEVÉE DU PÉCHÉ ORIGINEL PAR LA NAISSANCE DE JÉSUS-CHRIST.

La grande obscurité des récits du vieux temps,
Qui sur la femme, hélas ! reportait les tourments
Que notre espèce humaine endure sur la terre,
Ne pouvait résister toujours à la lumière.
Tôt ou tard des esprits l'examen, la raison,
Devait faire tomber cet affreux maudisson,
Et la nouvelle loi qui nous fut révélée,
En lui rendant un culte, enfin s'est signalée.

Le fils de Dieu lui-même est ici descendu
Pour nous racheter tous du péché défendu;
Mais, pour mieux nous instruire et nous prêcher l'exemple,
Pour asile il ne prit ni beau palais, ni temple,
Et, des rois de la terre éloignant le bandeau,
Dans une étable obscure il y mit son berceau.
Mais, pour rendre l'honneur, la justice à la femme,
C'est dans ses chastes flancs qu'il déposa son âme,
La nommant la merveille en la création,
La relevant ainsi de condamnation.

Pour preuve de vertu, de bonté, de sagesse,
La femme fit son corps avec grande liesse :
Car elle avait appris que son céleste enfant
Venait pour nous tirer de notre obscur néant,

Et que, par le canal de cette Eve nouvelle,
Il ouvrirait la porte à la vie éternelle.
Alors, pleine d'amour, de satisfaction,
En elle bénissait cette incarnation
Qui devait, en entrant au séjour de lumière,
Repousser le démon dans sa noire tanière :
Car le pied de la femme, appuyé sur son corps,
Pour toujours l'enchaînait dans l'antre affreux des morts.
Le règne du serpent, exécrable reptile,
Dut céder aussitôt le trône à l'Evangile.
Mais de ce bon Jésus la première action
Fut de nous préserver contre l'ambition :
Et ce fut humblement qu'il fit connaître aux hommes
L'amour que nous devons tous, autant que nous sommes,
Avoir pour une femme à qui, pendant ses jours,
Il fut toujours soumis et qu'il aima toujours.

Oui, l'enfant-roi du ciel obéit à sa mère
Pour enseigner à tous qu'elle est reine sur terre,
Qu'elle est bien la servante à Dieu, notre Seigneur,
Mais non celle de l'homme, à qui son tendre cœur
Se consacre en tout temps d'une bonté si grande,
Que de ses sentiments elle lui fait l'offrande.
Maintenant dans le ciel, près de son divin fils,
Elle implore pour nous, rebelles insoumis,
Qu'il veuille de l'orgueil en nous guérir la plaie,
Que sa grâce, si bonne, et si juste et si vraie,
Pénètre tous les cœurs et brise tous les fers,
Afin que sa justice habite en l'univers.

Depuis que cet auguste et très-profond mystèı
Par un ange du ciel fut apporté sur terre,

Bientôt cessa partout le culte des faux dieux;
La victime sanglante, holocauste odieux,
Pour se rendre le ciel favorable et propice,
Ne fut plus immolée au divin sacrifice.
En tous lieux retentit le chant d'un pur amour;
A Jésus, à Marie, ensemble ou tour-à-tour,
Tous les cœurs et les vœux nuit et jour s'adressèrent:
Dans la foi de tous deux réunis s'embrassèrent,
Car la sœur des humains, mère d'un Dieu sauveur,
Fut la sainte union de l'homme au Créateur,
Et pour fléchir du ciel la justice inflexible,
Son intercession fut toujours infaillible.

Partout on éleva des temples, des autels,
A la mère de Dieu, doux appui des mortels,
Dont le rayon d'amour nous prête sa lumière
Pour nous bien diriger dans la sainte carrière;
Et son culte divin, toujours si consolant,
Fait le bonheur du juste, attendrit le méchant.

Ainsi, telle est de Dieu la volonté suprême:
Sur le front de la femme il met son diadème,
Pour que ce divin signe, à ce sexe accordé,
Par tous ses descendants lui soit bien concédé;
Et que, du Saint-Esprit illustre fiancée,
Dans l'alliance humaine à jamais enlacée,
De notre espèce alors régénérant le sang,
Le respect de ses fils la mette au premier rang.

Oh oui! le ciel pour nous a mis cet ange au monde,
Cette vierge d'amour, cette colombe blonde

Afin que de son cœur le doux gémissement
Intercède du ciel notre soulagement,
Et que, par son crédit près de l'âme divine,
La paix sur cette terre entre nous tous domine,
Et qu'issus de son sein, nos liens fraternels
Nous fassent tous aimer, secourir nos pareils ;
Que, par son onction et son tendre langage,
Nous puissions de l'orgueil éviter l'esclavage ;
Que, médecin de l'âme, elle puisse guérir
Tous les maux de l'esprit qui nous font tant souffrir.

O malheureux enfants qu'une chaîne étrangère
Entraîne bien au loin du cœur de votre mère,
Revenez au plus tôt à ses pressants avis !
Ah ! ne résistez pas à ses pleurs pour ses fils !
Car ses plaintifs soupirs, son amère souffrance,
Attireraient sur vous l'éternelle vengeance.
Soyez persuadés que son Dieu les entend,
Que lui-même il gémit des pleurs qu'elle répand !

CHANT IIe.

MYSTÈRE DÉVOILÉ DE LA VIE ET DE LA MORT DE JÉSUS-CHRIST.

Ah ! suivez de Jésus la trop courte carrière !
Que toujours son flambeau vous guide et vous éclaire :
Car c'est uniquement pour éclairer nos pas
Qu'il est venu du ciel au séjour du trépas.
Il n'est pas descendu pour s'asseoir sur un trône,
Ni pour de diamants porter une couronne,
Habiter des palais resplendissants d'orgueil ;
Mais dans des lieux obscurs, de misère et de deuil,
Où souvent le besoin et la grande souffrance
Amènent le dégoût, font perdre l'innocence,
Car on n'y connaît pas l'éternel et vrai but.
C'est pour ces malheureux que Jésus apparut,
Non pour distribuer le luxe et la richesse,
Mais sa bonne morale et sa grande sagesse,
Donner aux souffreteux des consolations,
Faire aux indifférents des exhortations.

Ce ne fut pas non plus pour expliquer au monde
De l'univers entier la raison très-profonde,
Ni ces astres brillants, de mouvements divers,
Qui nuit et jour, sans fin, parcourent l'univers
Avec tant de justesse et de magnificence,
Qu'ils attestent de Dieu la grandeur, la puissance ;

Mais pour apprendre à l'homme ici-bas son chemin,
Lui faire par la foi supporter son destin;
Par sa vie exemplaire et ses belles maximes,
Lui faire horreur du sang, des péchés et des crimes :
Car il fut toujours doux et très-humble de cœur,
Et supportait le mal avec calme et douceur.
Il s'en allait partout en prêchant sa morale;
A tout homme ordinaire était sa mise égale.
Mais il disait si bien, qu'il fut bientôt connu,
Que partout on prisait sa bonté, sa vertu.
Il disait aux humains : « Aimez-vous comme frères,
»En sagesse, en bonté soyez-vous exemplaires,
» Respectez de chacun toute possession,
» Eloignez de vos cœurs la vaine ambition.
» Vous n'avez ici-bas qu'un seul instant à vivre.
» Eh bien, que vos vertus de l'Enfer vous délivrent! »
Mais il alla plus loin : pour accomplir son sort,
Il souffrit les tourments d'une honteuse mort;
Et son sang répandu sur notre race humaine
Fit qu'en cet univers le vrai jour il ramène.
Au milieu des douleurs, son âme, en liberté,
Sut rompre les liens de la captivité.

On le vit sans aigreur supporter la souffrance,
Appeler le pardon au lieu de la vengeance;
Puis, à peine couché dans son tombeau mortel,
S'élever plein de gloire au séjour éternel!
Ah! voilà les leçons de ce maître suprême!
Pour apprendre à souffrir, il vient souffrir lui-même;
Et pour encourager nos pénibles travaux,
Il nous fait voir la vie au-delà des tombeaux;

Il nous donne à la fois l'exemple et le précepte,
Et la vérité luit pour celui qui l'accepte.

Rien de rude et d'outré dans sa sublime loi;
Seulement il demande en lui qu'on ait la foi :
Car il savait fort bien notre humaine faiblesse;
Et pour mieux la confondre, au moment de détresse,
Où son corps, flagellé par un peuple en courroux,
Sous le poids de sa croix se traînait à genoux,
Ses disciples fervents alors le renièrent!...
Seul avec ses bourreaux, tous ils l'abandonnèrent!....
Il lui fallait encor cette abjuration
Pour mettre enfin le comble à la rédemption!
Pour nous faire jouir de l'éternelle vie,
Il se voua lui-même à l'ingrate infamie;
Et sa mort au milieu de tous ses ennemis
Est plus sublime encor qu'environné d'amis.

Qui resta près de lui dans ces moments terribles?
Qui pleurait, gémissait sur ses tourments horribles?
C'était sa sainte mère, elle qui tant l'aimait,
Et dont le tendre cœur vivement s'alarmait!
Sur des tisons ardents elle sentait son âme,
D'un glaive dans son cœur se retournait la lame!
Ah! qui n'eût pris pitié de ses gémissements?
Qui n'eût pleuré soi-même en voyant ses tourments?
Mais de ses ennemis la nature perverse
En de mauvais propos contre elle aussi s'exerce....
L'exécrable supplice est enfin terminé!.....

Le peuple de bourreaux partout disséminé..

Cette adorable mère avec les saintes femmes
Qui suivirent Jésus en répandant des larmes,
S'approchèrent au pied de la divine croix,
Et toutes à genoux prièrent à la fois,
Disant : « O doux Jésus ! que le grand sacrifice
» De ton sang innocent soit à nos fils propice,
» Puisque telle est ta loi, ta sainte volonté !
» Qui doute maintenant de ta divinité?
» Oui, ta divine mort à ton père est offerte
» Pour la porte du ciel aux mortels être ouverte.
» Oui, cette mort pour nous est un gage d'amour,
» Et prouve que tu veux récompenser un jour
» Tous ceux qui comme toi porteront leur souffrance
» Avec même courage et même patience. »
Jésus leur commanda de cesser de gémir,
Et rendit aussitôt son suprême soupir....
Et ces femmes alors, que l'esprit saint éclaire,
Déposent son saint corps dans l'antre funéraire.

Les ministres du peuple ordonnent aussitôt
Qu'on scelle d'une pierre un si noble dépôt;
Qu'une garde intrépide y soit constamment mise,
Dans la crainte qu'il soit enlevé par surprise;
Mais, à l'heure annoncée à tout le peuple hébreux,
Jésus leva sa pierre et monta vers les cieux.
Les gardes, éblouis d'une vive lumière,
Frappés, anéantis, tombèrent tous à terre.

Lors, les femmes venant visiter le tombeau,
Y virent un bel ange au regard doux et beau,
Vêtu d'une tunique en blancheur sans pareille,
Qui leur fit le récit de la grande merveille,

De ce divin Sauveur la résurrection
Devant être annoncée à chaque nation,
Afin qu'en tous les lieux l'on sache et l'on proclame
Que Jésus est venu pour déliver notre âme
Du culte des faux dieux et des esprits pervers,
Et pour faire adorer le Dieu de l'univers,
Le seul vrai, le seul bon, mais aussi le seul juste,
Qui récompensera d'une manière auguste
Tous ceux exactement qui voudront le servir,
Se gardant du démon qui veut tout asservir ;
Ceux qui, pour obtenir sa faveur infinie,
Pour soutenir sa foi, sacrifieront leur vie ;
Ceux dont les actions envers l'humanité
Seront faites pour Dieu, non pour la vanité.

Notre vie ici-bas est courte et militante ;
Hâtons-nous d'y montrer la vertu triomphante,
Et qu'arrivant au ciel avec quelques beaux fai
La clémence de Dieu pardonne nos excès.

CHANT III.

L'ABSURDITÉ DE LA RELIGION PAÏENNE VAINCUE PAR LA FOI CHRÉTIENNE.

Oui, l'établissement de l'église chrétienne
Fit crouler à ses pieds l'absurde foi païenne;
La justice et la paix, revenant dans les cœurs,
Corrigèrent le vice, adoucirent les mœurs.
Le suicide alors, cet abus si funeste,
Fut banni par l'espoir d'une prime céleste.
Travailler, secourir sans ostentation,
Et demander à Dieu sa bénédiction;
Avoir une conduite et sainte et méritoire :
Voilà ce que l'on fit pour obtenir sa gloire.

Auprès de Dieu, que sert l'orgueil, la vanité ?
Il préfère bien mieux la douce humilité.
Il sait humilier le vain et le superbe,
Faire un chêne élevé d'un simple fétu d'herbe.
Il est seul le Très-Haut, l'unique Tout-Puissant;
Et s'il a bien voulu nous tirer du néant
Et nous faire passer quelques jours sur la terre,
C'est par son seul pouvoir, c'est aussi son mystère.

C'est lui qui nous anime et lui qui nous nourrit;
Ne soyons pas si fiers de notre faible esprit.
Longtemps il a permis l'aveuglement de l'homme,
Afin de le punir d'avoir mangé la pomme;

Aussi le malheureux, ne sachant qu'adorer,
Fut longtemps obligé de craindre et vénérer
Le soleil et la lune, et tous les autres astres,
Les éclairs, le tonnerre et les affreux désastres,
Les monstruosités, les plus vils animaux ;
Poussa l'idolâtrie aux simples végétaux.
En se sentant coupable, il avait de tout crainte ;
Il voyait un vengeur jusqu'en la moindre empreinte ,
Sans espoir d'obtenir un jour l'éternité,
Par la peur de la mort il était tourmenté.

Lorsque dans l'air grondait le vent de la tempête,
Que le bruit du tonnerre éclatait sur sa tête,
Que la vive clarté du foudroyant éclair
Comme un serpent de feu vibrait et fendait l'air ;
Ou lorsque sous ses pieds un feu sortant de terre,
S'élevant en colonne, embrasait l'atmosphère,
Et creusait un abîme où venaient s'engloutir
Les villes et les champs pour n'en jamais sortir ;
Ou, lorsque du cratère une lave fluide
S'élançait en fureur comme un sang homicide,
Et comme un noir linceul s'étendant tout-à-coup,
De sa cendre brûlante ensevelissait tout ;
Ou bien encor sur mer, s'il venait un orage,
Si les flots en courroux rejetaient sur la plage
Son trop frêle vaisseau brisé par les rochers,
Il était sans courage au milieu des dangers.

Il souffrait des douleurs très-vives, très-atroces ;
La crainte de la mort paralysait ses forces ;
Et dans son paroxisme et son délire affreux,
A ses dieux il faisait de téméraires vœux,

Et s'il ne succombait à l'un de ces désastres,
Continuellement il consultait les astres ;
Et selon qu'ils étaient ou plus ou moins brillants,
Etaient ses pronostics plus ou moins effrayants.
Enfin, avant le temps du divin sacrifice
Où Jésus succomba sous la noire malice
Des hommes ennemis d'un si grand changement,
Et qui faisaient profit de leur aveuglement,
Ainsi qu'on voit aux champs le lièvre timide,
S'agiter, se dresser, s'enfuir d'un pas rapide
Au moindre bruit du vent agitant les roseaux,
Jamais l'esprit humain ne goûtait de repos.
Ne pouvant recevoir une divine étude,
Cet esprit voyait tout avec inquiétude.
Les hommes demeuraient dans une illusion
Qui faussait le génie et l'inspiration ;
Au lieu de louer Dieu, ils chantaient sur la lyre
Des monstres des enfers le fabuleux empire.

Dans un fictif Olympe ils avaient mis des dieux
Prêtant aux passions leur appui dangereux ;
Et comme si la vie était ci-bas entière,
Le bon et le mauvais avaient leurs dieux sur terre,
Auxquels l'homme rendait un culte bien obscur,
Quelquefois bien cruel, presque toujours impur !

A ce divin Jésus rendons acte de grâces,
Pour nous avoir remis sur les divines traces,
Et nous avoir appris que notre dignité
Est de vivre en tout temps en parfaite équité.
Il nous promet là-haut une gloire plus belle
Que celle de ce monde, astucieuse, infidèle,

Dont la lourde guirlande, au lieu d'être de fleurs,
Se compose toujours de soucis et de pleurs
Qui s'attachent sans cesse au vaniteux cupide
Qu'entraîne un fol orgueil sur sa glace perfide,
Dont l'aspect miroitant réfléchit à ses yeux
De la haute splendeur les appas fabuleux,
Et cache sous ses pas un vaste et noir abîme
Qu'il ne voit ni prévoit tant que l'orgueil l'anime.
Mais la glace bientôt, par sa fragilité,
Et se brise et se rompt.... Il est précipité.

Ah ! que lui reste-t-il de sa fragile gloire ?
La honte et le mépris..... Voilà pour sa mémoire.
Ah ! qu'il serait heureux, si son funeste sort
Etait lors terminé par une prompte mort !
Ou plutôt si de Dieu la sagesse efficace
Venait toucher son cœur de sa divine grâce,
Et si d'un saint remords subitement touché,
Le ciel pour l'avenir oubliait son péché !
Car, pour avoir l'espoir d'une vie éternelle,
Avant que de quitter sa dépouille mortelle,
Il faut qu'en son esprit l'orgueil soit abattu,
Qu'on ait une foi vive, une ferme vertu.

Des cultes établis, quel culte plus sublime
Que celui de Jésus ? Le pur christianisme,
Sa morale si douce et ses plus touchants traits
De l'homme avec lui-même entretiennent la paix,
Et, nous persuadant en disant qui nous sommes,
Il établit l'accord même parmi les hommes ;
Il nous démontre à tous le vide des grandeurs,
Pour la haute vertu les célestes faveurs,

Les consolations pour l'horrible souffrance,
Que soulage toujours la bonne conscience ;
Et pour le criminel honteux de sa fureur,
Qui nuit et jour gémit, prend son vice en horreur,
Dont le cœur déchiré clame miséricorde,
Au repentir, dit-il, Dieu, toujours bon, l'accorde.
Il nous assure encore, et cela clairement,
Que sur l'âme la mort ne peut aucunement.

De son corps délicat l'âme un jour se détache,
Va rendre compte à Dieu de sa terrestre tâche,
Et le juge impassible, alors qu'elle est aux cieux,
La punit justement de ses faits odieux,
Ou bien donne la grâce à cette pure essence
De toujours aux saints lieux jouir de sa présence.
Que nous demande-t-il pour ce bien éternel?
De passer saintement quelques jours sous le ciel,
Où parfois, s'il y règne un malheur à l'air sombre,
Il est des jours heureux encor plus en grand nombre.
Il faut être cupide ou plein de vanité
Pour ne savoir jouir de notre humanité.

Après un fort orage, une affreuse tempête,
Vers les Cieux, ô mortel, élève donc ta tête !
Eh bien ! n'y vois-tu pas l'arc-en-ciel gracieux
Annonçant du soleil le retour glorieux ?
Si parfois le malheur, sans que l'on soit coupable,
Vous arrache le cœur, de son poids vous accable,
C'est afin d'éveiller en nous le doux espoir
Que Dieu veut au plus tôt près de lui nous avoir.
Si l'on est malheureux ayant commis un crime,
C'est l'avertissement sévère et légitime

Quand le Ciel vous permet encor le repentir,
La réparation, avant que de mourir.
Aussi le suicide est une flétrissure,
Puisque Dieu nous accorde une grâce future,
Qui devient le grand prix de nos nombreux labeurs,
De notre patience à souffrir les douleurs.

CHANT IV.

RÉSURRECTION DE JÉSUS. — MISSION QU'IL DONNE A SA MÈRE ET A SES DISCIPLES.

Bienheureux le chrétien que la foi fortifie,
Car son dernier jour est le plus beau de sa vie.
Oui, Jésus-Christ pour nous expia sur la croix
Tous nos crimes nouveaux et tous ceux d'autrefois;
Mais, après son cruel, terrible sacrifice,
Qui pour les chrétiens est sublime et propice,
Du fond de son sépulcre il sortit glorieux,
De ses anges suivi s'éleva dans les cieux :
Puis un instant après, sous sa forme ordinaire,
Il revint visiter sa vénérable mère.
Comme une neige étaient ses nouveaux vêtements,
Brillants et gracieux, quoique sans ornements.
Son air était riant et plein de quiétude;
Il venait dissiper toute l'inquiétude
Qui régnait dans ce cœur brisé par tant d'assauts,
Et tressaillant encor de ses horribles maux :
Car elle avait subi des angoisses cruelles,
Hélas ! bien au-dessus des forces naturelles !

Tous les deux à l'écart, en entretien secret,
A sa mère il apprit l'inflexible décret
Qui lui fit accepter une humaine origine
Pour nous réconcilier avec la loi divine.

Quelle indicible joie elle sentit au cœur !
La cause et les effets de sa grande douleur
Par son fils expliqués aussitôt l'éclairèrent.
Sous son souffle divin ses esprits se calmèrent,
Et, sans voiles aucuns, l'auguste vérité
Du règne de notre âme, en toute éternité,
Dans un saint Paradis, lieu rempli de délices,
Pour la récompenser des nobles sacrifices
Qu'elle aura su souffrir pour la divine foi,
Pour accomplir en tout sa morale et sa loi,
Lui fut bien dévoilée, ainsi que les maximes
Qui rendent les esprits si saints et si sublimes,
Leur faisant mépriser les tristes coups du sort,
Les maux, la pauvreté, la plus cruelle mort.

Puis, après ces récits, dans un brillant nuage
Jésus enveloppé d'ici-bas se dégage,
Et montant lentement vers la voûte du ciel,
Il lui fit entrevoir le séjour éternel.
Là, sur la tête ayant d'épines sa couronne,
A droite de son père, il prit sa place au trône.

Lors à sa mère il dit de vouloir prévenir
Ses disciples fervents et de les réunir,
Pour qu'il soit avec eux aux monts de Béthanie,
Lieux sacrés et témoins de sa triste agonie,
Quand ses forces à bout, et seul en ce jardin,
En pleurs il invoquait la fin de son destin :
« Mon père, disait-il, quel infâme supplice !
» Eloignez donc de moi ce trop amer calice ! »
Mais son père, inflexible à sa plaintive voix,
Lui fit, pour nos péchés, souffrir l'horrible croix !

« Hélas, il a fallu que cet agneau sans tache
» Fût sur terre immolé pour que son sang efface
» Le premier des péchés, qu'on nomme originel,
» Et qui de race en race était perpétuel.
» Du céleste séjour il défendait l'entrée,
» Jusqu'à ce que pour nous la victime sacrée,
» Par sa divine mort, sa résurrection,
» Sût obtenir de Dieu notre rédemption. »
A l'appel de Jésus tous les disciples vinrent;
Il descendit près d'eux, puis ensemble ils convinrent
Que toujours il serait dans leurs réunions;
Et qu'ils iraient prêchant toutes les nations :
Que sa divine mère, ô fleur immaculée !
Qu'il laissait après lui dans la morne vallée
De pleurs et de chagrins, de peines, de soupirs,
Que devait arroser le sang de ses martyrs,
Serait leur mère à tous, leur secours et leur guide,
Et contre les démons leur très-puissante égide,
Leur source de lumière en la vie, à la mort,
Et l'étoile des mers leur indiquant le port;
Que sa protection infinie, efficace,
Toujours auprès de Dieu ferait avoir leur grâce
Aux pécheurs repentants d'avoir enfreint sa loi,
Mais conservant au cœur une constante foi.

Alors il proclama qu'au ciel et sur la terre
Elle était la plus sainte et plus vive lumière,
Et qu'après Dieu, que seul on devait adorer,
Plus que les autres saints il fallait l'honorer.
Aussi, quand vint le jour des dons du Saint-Esprit,
Le rayon le plus vif sur elle descendit.

Elle était destinée à sauver tout le monde,
A guérir de nos maux la blessure profonde,
En faisant remplacer le mensonge et l'erreur
Par une loi d'amour, de bonté, de douceur,
Plus pure que les lys nouvellement éclos,
Plus claire qu'un cristal, plus vive que les eaux,
Plus blanche qu'une neige éclatante à la vue,
Comme un drap sur la terre également tendue.
Soleil de l'univers, dont les sages rayons
Jettent leur vif éclat parmi les nations,
Mais portant dans son sein de sublimes symboles
Expliquant de Jésus les divines paroles :
Loi qui nous fit sortir de nos honteux liens,
Nous montrant clairement les seuls et les vrais biens,
Nos rapports avec Dieu dans ce séjour terrestre;
Et dans l'éternité, quand il nous faut paraître
Devant ce Dieu si bon, si miséricordieux,
Qui nous prend en pitié sur terre, ainsi qu'aux cieux,
Mais dont les jugements, toujours droits, équitables,
Sauront bien condamner les méchants, les coupables,
A moins que, pénétrés d'un profond repentir,
Des actes vertueux changent leur avenir ;
Qu'ils rendent du démon l'attaque toujours vaine ;
Qu'ils embrassent la croix comme la Madelaine,
Et, foulant sous leurs pieds leur or et leurs bijoux,
Qu'ils s'efforcent de Dieu d'adoucir le courroux.
Telle est donc cette foi, cette chère croyance :
« Livrer bien humblement son cœur à l'espérance,
» Et faire ses devoirs d'amour, de charité,
» Pour recevoir la vie en toute éternité. »

Voilà ce que la Vierge, au cœur doux et si tendre,

Par son fils est chargée aux nations d'apprendre.
Sa parole onctueuse et les charme et séduit ;
Comme une bonne lampe elle éclaire leur nuit.
Colonne lumineuse en l'église nouvelle,
Des apôtres nombreux se pressent autour d'elle,
Lui demandent la force, aussi cette onction
Qui fait aimer, bénir notre religion;
Elle marche avec eux, les soutient, leur inspire
Les grandes vérités qu'ils aiment à redire ;
Et, première savante en cette belle foi,
Au doux nom de Jésus elle prêche sa loi.
Ne la fatigue pas la marche ni la veille,
Jamais son zèle ardent ne languit, ne sommeille ;
Son fils, toujours présent, la soutient, la conduit,
Au milieu des païens l'encourage et la suit.

CHANT V.

LA RELIGION DE JÉSUS-CHRIST PUBLIÉE PARMI LES GENTILS.

La prédication du sublime Evangile
En tous lieux sut avoir l'auditoire docile,
Et ne fit jamais naître une sédition ;
Sans peine elle portait à la conviction ;
Et sans l'orgueil des rois et de tous les faux prêtres,
Dont elle renversait les cultes et leurs maîtres,
Sa pratique eût été admise en tous les lieux :
Mais Jésus n'est-il pas miséricordieux ?
Il venait de souffrir un infâme supplice,
Sans vouloir se venger, employer sa justice ;
Par sa seule bonté, par sa seule douceur,
Il veut qu'un chrétien livre en entier son cœur
A ses beaux sentiments, à sa douce innocence ;
Mais il ne contraint pas, ne veut la violence.
Dans ses actes il fut toujours doux, patient ;
Ses apôtres bénis doivent en faire autant ;
Car sa religion est seulement qu'on aime :
C'est là son fondement et sa raison suprême.

Oui, par le saint amour de la divinité,
Tu deviens immortelle, ô sainte humanité !
De cet homme fait chair avec de la poussière
Au-delà du tombeau se poursuit la carrière,

Mais exempte de maux, de chagrins, de douleurs,
Et couverte de biens, de parfums et de fleurs.
Dans des lieux enchantés, toujours remplis de joie,
Où la magnificence en tout temps se déploie,
Où ne règnent jamais le silence et la nuit,
Où tout ce que l'on voit vous plaît et vous séduit,
Les parfums les plus doux de l'encens, de la myrrhe,
S'épandent dans les airs que sans cesse on respire.

Les plus beaux monuments, les temples, les palais,
Par des chefs-d'œuvre ornés, en tout genre parfaits;
L'élégant firmament, où des milliers d'étoiles
Scintillent dans la nuit comme des feux sans voiles,
Et semblent parsemés sur sa robe d'azur,
Dont les flots sont formés du cristal le plus pur;
Le soleil radieux qui nous lance des flammes
Et traverse nos yeux de flamboyantes lames;
Que ces œuvres sont loin d'égaler la splendeur,
L'éclat, le grandiose et l'aspect enchanteur
De la Jérusalem, ô céleste demeure!
Où les élus de Dieu l'adorent à toute heure.

Des anges l'on entend les chants spirituels,
Et de leurs harpes d'or les sons continuels;
Leur langage est si pur, si suave et si tendre,
Qu'avec ravissement on se plaît à l'entendre.
Les saints, les séraphins, tous les hôtes des cieux
Mêlent leurs doux transports aux sons harmonieux,
Et circulant autour du magnifique trône
Où Dieu siége et commande orné de sa couronne,
Ils contemplent toujours l'auguste majesté,
Et lisent dans ses yeux son amour, sa bonté,

Pour tout ce qui par lui vit, s'anime et respire,
Et s'abandonne au gré de son aimable empire.

Voilà ce que Jésus nous apprit dès ce jour;
Pour gagner ce présent il faut beaucoup d'amour,
Garder que notre cœur se ternisse et se rouille,
Que le crime jamais ne l'approche et le souille,
Vers l'austère vertu constamment accourir,
Et dans la sainte foi savoir vivre et mourir.
Jésus vint des hauts cieux dans le sein d'une vierge;
Il répandit sur nous la clarté de son cierge,
Et par son onction resserra dans leurs fers
Les démons qui régnaient sur le vaste univers.
Maintenant de la mort il nous ôte la crainte :
Pouvons-nous sur nos maux élever une plainte?
Imitons son exemple à souffrir les tourments,
Car ils sont une épreuve et non un châtiment.
Oui, des événements sa loi nous rend bien compte,
Promet la récompense, et sublime, et bien prompte,
Si, sans impatience et sans ambition,
Sa morale devient notre seule action.

C'est ainsi qu'il nous laisse à son auguste mère,
Qu'il a fait tant souffrir de sa propre misère;
Car, si son corps ne fut aussi crucifié,
Il souffrit tout autant que lui supplicié.
De son fils ayant eu les peines, les mérites,
Son éternelle gloire est aussi sans limites.
Il lui fut réservé l'ineffable bonheur
D'avoir à propager la foi du saint sauveur.
Et, Rose de Gessé, son odeur balsamique
En tous lieux se répand, s'étend, se communique.

Au lieu de s'affaiblir comme, dans un jardin,
La fleur à peine éclose est bientôt à sa fin,
Sa sainte odeur devient d'autant plus pénétrante,
Que le nombre des cœurs qu'elle gagne s'augmente.
Sa présence et sa voix attirent les mortels ;
Pour le seul et vrai Dieu s'élèvent des autels.
Leur folle idolâtrie, ah ! Jésus leur pardonne,
Et la foi la plus vive en tous pays rayonne.

Les saints propagateurs ayant semé leurs grains
Sur les peuples soumis au pouvoir des Romains,
La moisson en devint superbe et verdoyante,
Et la récolte aussi vigoureuse, abondante ;
Nourriture céleste, elle échauffait le cœur,
La glace se fondait à sa noble chaleur.
Son ardeur vivifiante, électrique étincelle,
Faisait commotion chez le froid, le rebelle.
L'Esprit-Saint inspirait les disciples chrétiens ;
Ils parlaient, entendaient la langue des païens.
A leurs pieux discours, une foule innombrable
Rejetait les faux dieux pour le Dieu véritable ;
Et désormais la foi, sur ses bons fondements,
Pouvait bien résister à tous ébranlements,
Même à ceux du démon, dont la vengeance noire
Vendait bien chèrement le prix de la victoire.

CHANT VI.

ASSOMPTION DE LA VIERGE. — ÉDIFICATION DE SON CULTE.

Comme une moissonneuse à la chaleur du jour,
De fatigue accablée, en un bois d'alentour
Vient chercher un abri sous son épais feuillage,
Et se livrer en paix au sommeil qui soulage.

La mère de Jésus se prit à soupirer
Pour l'ombrage du ciel, et même à désirer
S'abriter à jamais sous l'arbre de la vie,
Qui fait de tout chrétien l'espérance et l'envie.
Ce bel arbre, que Dieu dans le beau paradis
De nos premiers parents avait placé jadis,
Mais en leur imposant la formelle défense
De manger de ses fruits, leur désobéissance
Devant les exposer à des maux effrayants,
Non pas seulement eux, mais aussi leurs enfants ;
A moins que dans un temps le fils de Dieu lui-même
Ne vînt les racheter par son supplice extrême.
Maintenant, arrosé du sang du Dieu sauveur,
Cet arbre abrite au ciel les élus du Seigneur ;
Les oiseaux les plus beaux s'agitent sur ses branches,
La colombe surtout, avec ses ailes blanches
Et son joli collier de diverses couleurs,
Qui mérita du ciel d'aussi grandes faveurs

Pour sa fidélité, sa bien vive tendresse,
Apprenant aux humains à garder leur promesse.
On y voit le Phénix qui déchire son sein
Pour couvrir ses petits de son duvet si fin.
Exemple que doit suivre une sensible mère,
Dont les faibles enfants naissent dans la misère.

On entend Philomèle aux accents les plus doux,
Qui semblent exprimer les regrets d'un époux.
L'oiseau du Paradis, par son riche plumage,
Comme de vives fleurs embellit son feuillage,
Et bien d'autres oiseaux dont les divers instincts
Ont servi de leçons à nos premiers humains,
Y sont là rassemblés; mais, sans besoin terrestre,
Ils ne font que jouer et chanter leur bien-être.
De cet arbre les fruits d'une extrême beauté
Se présentent toujours en grande quantité;
Aux saints du Paradis ils donnent des délices :
Car, lorsqu'ils sont cueillis, leurs gracieux calices
S'exhalent tout en gaz de suaves odeurs,
Qui chatouillent les sens de leurs vives saveurs.

Cet arbre mis au Ciel est le vrai témoignage
Que l'homme est délivré du mortel esclavage.
Le gazon de ses pieds et son feuillage épais
De la mère de Dieu font le trône et le dais.

Maintenant ici-bas Marie est en prière
Pour obtenir de Dieu d'entrer dans la lumière.
A peine ce désir eut été prononcé,
Que du Seigneur il fut aussitôt exaucé,
Et l'Ange qui déjà s'était rendu près d'elle
Fut encore chargé d'apporter la nouvelle

Et de l'heure et du jour de sa très-sainte mort,
Lui disant que Jésus était du même accord,
Désirant qu'elle fût dans la splendeur suprême
Pour lui faire oublier sa peine trop extrême.
Alors elle assembla les disciples chéris,
Leur fit savoir du Ciel le favorable avis,
Le désir qu'elle avait d'abandonner la vie
Aux lieux de sa naissance, en sa chère patrie;
Lieux qui lui rappelaient sa sainte mission,
Les mystères sacrés de la rédemption,
Dont les phases étaient en son cœur palpitantes,
Et que Dieu se plaisait à rendre triomphantes.

Les disciples soumis aux célestes décrets,
Pour l'heure du départ firent tous les apprêts.
Le voyage se fit devers la Palestine,
Célèbre désormais pour être l'origine
Et le divin berceau de la religion.
Sois bénie à jamais, montagne de Sion!
C'est toi qu'elle choisit pour sa chère retraite.
C'est au pied de la croix que sa marche s'arrête.

Bientôt ses bons parents et ses nombreux amis
De son retour heureux furent tous avertis.
La Vierge leur parut majestueuse et belle,
Les ravages du temps n'avaient rien fait sur celle
Qui devant sa naissance était la pureté,
Et que Dieu destinait à l'immortalité.

Elle se retira dans l'antique demeure
De ses anciens aïeux ; et, lorsque vint son heure,
Sur un lit de repos, avec soumission,
Elle calma des siens la vive affliction,

Et, les fortifiant dans leur saint ministère,
Leur promit ses secours au ciel comme sur terre.

Son maintien était noble et son visage bel,
Son regard s'élevait très-souvent vers le ciel ;
A tous elle donnait cette bonne parole
Qu'on retient dans le cœur, qui plaît et qui console :
Car elle s'expliquait sur nos chers intérêts ;
De la religion prédisait les succès.

Les disciples étaient tout yeux et tout oreilles,
Etonnés, attendris d'ouïr tant de merveilles ;
Elle prophétisait, leur disant que, par eux,
Des légions de saints arriveraient aux cieux ;
Enfin, les bénissant pour leurs saintes conquêtes,
Elle éleva les mains au-dessus de leurs têtes ;
Puis on la vit soudain sommeiller, s'assoupir,
Exhaler, sans douleur, son extrême soupir.

Cet acte se passait au milieu de la nuit :
Un rayon lumineux tout-à-coup éblouit,
Et laisse apercevoir, par les anges ravie,
L'âme de la très-pure et très-sainte Marie,
Tandis que tout son corps, plongé dans le sommeil,
Semblait aussi du ciel attendre le réveil.

L'assemblée, à genoux dans un profond silence,
De Dieu, tout en pleurant, adorait la puissance ;
De ce qui se passait la contemplation
Absorbait leur esprit en méditation,
Quand du ciel, tout-à-coup, une bien douce flamme
Ranima leur courage et réchauffa leur âme.

Ils ouïrent d'en haut les célestes concerts,
Virent distinctement dans les cieux entr'ouverts ;
Et, pleins d'enthousiasme à ce divin spectacle,
Ils chantèrent de Dieu le glorieux miracle.

A quelque temps de là son pur et divin corps,
Embaumé dans la tombe, ainsi qu'on fait aux morts,
Ne laissa dans son gîte, en soulevant la pierre,
Qu'une suave odeur et que son blanc suaire.
Ses disciples venaient alors pour l'honorer,
Quand ils virent soudain le saint lieu s'éclairer,
La milice céleste, innombrable et brillante,
Dans un léger nuage, enlever triomphante
La Vierge immaculée, aussi mère de Dieu,
Aux chrétiens réunis présentant son adieu ;
Et la terre et le ciel, par de pieux cantiques,
Célébraient du Très-Haut tous les faits authentiques,
Jusqu'à ce que Jésus, la prenant dans ses bras,
L'eut mise sur un trône où brillaient mille éclats,
Dont la resplendissante et trop vive lumière
Obligea les humains à fermer la paupière.
Tout-à-fait revenus de leur profond émoi,
Le pieux souvenir encourageant leur foi,
Les portait à prêcher les divins évangiles,
A braver des faux dieux les idoles fragiles ;
Et beaucoup de chrétiens scellèrent de leur sang
L'auguste vérité d'un mystère si grand.
Pour faire entrer les cœurs dans la très-sainte voie,
Ils souffraient le martyre avec constance et joie.
Sur un ton prophétique ils louaient l'Eternel ;
Tous les hommes tombaient au pied du saint autel :

Car, malgré le courroux de l'humaine puissance,
En Jésus ils mettaient toute leur espérance;
A lui seul ils offraient leur adoration,
De sa mère imploraient la médiation.

Depuis lors, les chrétiens de Dieu, remplis de crainte,
Adressent à Marie et leurs vœux et leur plainte.
Dans les temples voués à l'Etre tout-puissant,
Un autel est dressé pour elle et son enfant.
Son culte est immortel comme la foi chrétienne,
Qui sut anéantir la croyance païenne;
Et des temples sacrés à la Religion,
Beaucoup furent placés sous l'invocation
De la Mère de Dieu, de la Vierge Marie,
Dont la grâce est au Ciel, glorieuse, infinie,
Et qui porte aux chrétiens la plus vive amitié,
En implorant pour eux la divine pitié.

Ses fêtes ici-bas, brillantes, solennelles,
Attirent un concours immense de fidèles,
Les parfums les plus doux embaument ses autels,
Qu'on décore de fleurs, d'objets surnaturels;
De bijoux précieux, de scintillantes pierres,
Qui, mêlés aux effets des plus vives lumières,
Font une sainte gloire, où les faibles humains
Déposent leurs soupirs et leurs vœux les plus saints :
Car des pauvres pécheurs elle est la protectrice,
Le refuge, l'amie et la consolatrice.

CHANT VII.

RAPPORTS INTIMES ET SPIRITUELS ENTRE LA VIERGE MARIE ET LES FEMMES DE LA TERRE.

Ce n'est pas cette femme en qui l'humilité,
La candeur, la sagesse et la sainte bonté
Brillaient au plus haut point durant son existence,
Et dont on ignorait l'incorruptible essence,
Qui, semblable à ces grands, ces hauts ambitieux,
Eût jamais exigé d'être au nombre des dieux.
Il faut bien reconnaître ici la main divine,
Qui, pour mieux l'honorer, l'élève et l'illumine,
Et, pour nous faire voir ses vertus, sa grandeur,
Qui se plaît à l'orner d'une vive splendeur.
Dieu nous montre par-là combien il est aimable,
A ses pauvres enfants, qu'il est bon, secourable;
Qu'il vint s'humilier dans l'incarnation
Pour nous racheter tous de la damnation ;
Que maintenant sur nous son étoile aime à luire;
Que bienheureux seront ceux qui voudront s'instruire,
Voguer sur cette mer où ce sublime chef
Abandonne aux zéphirs sa sainte et blanche nef,
Que conduisent les saints en chantant ses louanges,
Vers le port de Saphirs, où demeurent les anges.

Jésus, durant ses jours, fut le meilleur des fils;
A sa mère si tendre il fut bon et soumis.

S'il est mort sans finir sa grande destinée,
Cette adorable fin fut par lui destinée
A celle qu'il admit au-dessus des mortels,
A laquelle il voulut qu'on dressât des autels,
Afin d'apprendre à tous qu'au ciel comme en ce monde
Il estime et chérit l'humilité profonde,
La bonté, la douceur, aussi la charité,
Précieuses vertus de notre humanité,
Qui se cachent souvent dans le cœur de la femme,
Brûlent dans ce foyer sans laisser voir de flamme :
On en respire au loin la sainte et douce odeur,
Sans pouvoir découvrir où repose la fleur.

Aimons et bénissons cet ange tutélaire ;
Que notre foi pour lui soit ardente et sincère ;
Rendons-lui cet hommage, et, sans ambition,
Nous remplirons le vœu de la religion,
Qui nous montre Marie assise sur un trône
Et portant sur son front la royale couronne.
Son trône est élevé près du trône de Dieu,
Elle règne après lui, même dans le saint lieu.
Elle est environnée et des saints et des anges
Lui présentant des vœux et de douces louanges ;
Et, dans tous les rapports entre nous et le ciel,
Elle assiste toujours au souverain conseil.

Dieu nous ayant donné le juste et nécessaire
Pour pratiquer le bien et pour ne pas mal faire,
Lorsque nous abusons de notre liberté,
Et que contre sa loi notre esprit révolté
Se porte à des excès qui sont déraisonnables,
Dieu pourrait aussitôt frapper les grands coupables.

Alors elle intercède, et ses discours si doux
Savent le désarmer de son juste courroux;
Mais il met dans leur cœur une peine effrayante
Qui leur fait détester leur fureur délirante.
Sans cesse poursuivis par leurs affreux remords,
Ils connaissent enfin leurs fautes et leurs torts,
Toute leur existence en est empoisonnée,
Si leur faute par Dieu n'est enfin pardonnée.

Eh bien, c'est en priant avec grande ferveur
La mère de Jésus, la mère du Sauveur,
Qu'ils obtiendront enfin cette miséricorde,
Qu'ils sentiront en eux la grâce qu'elle accorde
Aux malheureux humains implorant son secours.
Ah ! c'est ainsi qu'au ciel elle veille toujours,
Pour nous faire obtenir les offices célestes,
Qui détournent de nous les maux les plus funestes !
Comme une tendre mère abrite ses enfants,
Sa pensée est pour nous au ciel dans tous les temps;
Elle veut ardemment que notre faible vie
D'une pure et sans fin soit sans délai suivie
Dans le beau paradis, séjour de l'Eternel,
Où sans ombre et sans tache éclate le soleil.

Ah ! célébrons ce jour d'éternelle mémoire,
Où la femme gagna cette grande victoire,
En foulant sous ses pieds le monstre des enfers,
Qui depuis bien des ans séduisait l'univers !
Contre lui maintenant elle agit, nous protége,
Et nous fait éviter de tomber dans son piége.
Nous étions ici-bas de pauvres naufragés;
Contre tous les écueils nous sommes protégés.

Oui, la reine des cieux nous voit et nous contemple ;
Que la cloche résonne et nous appelle au temple,
Revêtons nos habits de la blancheur du lin,
Puis élevons nos voix dans un concert divin.
De l'encens embrasé les vapeurs odorantes
Voleront vers les cieux avec nos voix touchantes ;
Et nos chants d'allégresse, et nos cœurs attendris,
S'ouvriront un passage aux célestes pourpris :
Car des faibles humains Dieu bénit les prières.
En tous lieux, en tous temps, en commun, comme frères,
Les plaintes, les soupirs savent toucher son cœur ;
Et s'il ne fait cesser aussitôt le malheur,
C'est qu'il n'accorde, hélas ! sa faveur la plus chère
Qu'après qu'on s'est soumis à cette vie amère.
Lui-même, il nous l'a dit, lui-même il a souffert ;
Lui-même en holocauste à la croix s'est offert.

Marchons donc librement dans cette noble route ;
Qui ne laisse en l'esprit ni de peur, ni de doute,
Et d'ici-bas déjà nous unissant aux cieux,
Aspirons avec force au séjour glorieux,
Où sont nos protecteurs les plus saints, les plus justes,
Qui nous ont enseigné les vérités augustes,
Nous inspirent encor les sublimes vertus
Qui leur ont mérité d'être avec les élus.

Que nos temples sacrés soient pleins de leurs images ;
Tous en foule accourons leur rendre nos hommages.
Dans notre zèle ardent, ah ! n'oublions jamais
Que Marie est la source où coulent les bienfaits
Qui nous inondent tous depuis la loi nouvelle
Qui mène sûrement à la vie éternelle !

De cette vérité sachons nous pénétrer :
Car sans l'auguste foi nous ne saurions entrer
Dans le beau, dans le grand, l'éternel sanctuaire
Que la divine grâce offre à l'heure dernière,
Quand de sa sainte mère, écoutant son amour,
Il éloigne de nous les ténèbres du jour,
Qui voltigent sans cesse à l'entour de notre âme
Pour l'empêcher de voir la pure et sainte flamme
Que la mère de Dieu fait luire devant nous
Pour appeler nos pas vers son bercail si doux,
Où l'on voit constamment un Dieu bon qui vous aime,
Où notre esprit heureux devient un Dieu lui-même.

CHANT VIII.

LA FEMME ATTACHE L'HOMME A LA RELIGION.

La femme la première accourut vers Jésus,
Entendre ses leçons, pratiquer ses vertus,
Sacrifier ses biens pour devenir chrétienne ;
De sa cruelle mort en faire aussi la sienne.
Quel que fût son avoir, et quel que fût son rang,
Pour le salut de tous elle versait son sang ;
Sans craindre des tyrans les affreuses colères,
Elle appelait au Christ ses enfants et ses frères.
Ainsi que le guerrier au milieu des combats,
Défendant son pays, sait braver le trépas,
Parce qu'il croit qu'ayant remporté la victoire
Tous ses frères heureux béniront sa mémoire ;
Elle est ainsi pour l'homme un ange officieux
Qui l'emporte avec zèle à la gloire des cieux :
Car c'est là qu'elle espère, exempte de la crainte,
Voir éteindre à jamais sa trop amère plainte,
Et soumettre aux regards de la Vierge et de Dieu
Tous ses nombreux amis habitant le saint lieu.

Cet espoir enchanteur la soutient, la console,
Augmente son ardeur pour gagner l'auréole.
Oh ! quel est son regret et son affliction,
Si nous nous exposons à la damnation !
Ne nous opposons pas à sa sollicitude,
Ecartons de son cœur la vive inquiétude :

Car elle veut pour nous un éternel trésor,
Plus beau, plus précieux que la grandeur et l'or,
Qu'on ne peut comparer aux richesses mortelles,
Puisqu'il nous donnera des fêtes éternelles.

L'homme, en ses passions bien souvent emporté,
Ressemble à ce torrent du haut d'un mont jeté,
Qui, n'ayant plus de cours, se répand en cascades,
Et contre les rochers, bien rudes barricades,
D'un choc impétueux s'élance avec fracas,
Et jaillissant dans l'air en des millions d'éclats,
Retombe divisé....... Ses gerbes vagabondes
Ne feraient plus, hélas ! que de très-faibles ondes,
Si Dieu n'avait placé tout auprès un bassin
Qui toutes les recueille en son généreux sein,
Et lui rendant sa force et sa première vie,
Le laisse aller tranquille à travers la prairie.
Ce secours précieux, cet heureux réservoir,
N'est-ce pas une femme aimable en son devoir,
Qui, pour le secourir, ne trouve rien d'étrange,
Car elle est près de lui comme est notre bon ange ;
Elle soigne les maux et de l'âme et du corps ;
Pour le mener à bien fait de constants efforts.

Oui, la femme en son âme est bonne et bienfaisante ;
Dans sa foi, sa morale, elle est ferme et constante ;
Elle coule ses jours dans les pleurs et le deuil,
De l'austère foyer passe à peine le seuil ;
Et la maternité, qui fait ses grands délices,
Ne s'achète qu'au prix des plus grands sacrifices.
Mais, vrai nœud gordien de la société,
Elle enchaîne le monde à la divinité :

En elle vous trouvez, ainsi que dans Marie,
Avec religion, et famille et patrie.
Ses liens, consacrés aux pieds des saints autels,
Au-delà du tombeau deviennent éternels :
Car Dieu, pour conserver cette sainte mémoire,
N'admit-il pas ainsi son épouse en sa gloire,
Lui donnant après lui le rang, la dignité,
La grâce de sauver aussi l'humanité,
Qui lui fait avec foi la fervente prière
D'éloigner de son cœur la coupe mortifère
De crimes bas, honteux, qui, sous de beaux décors,
Viennent flatter son âme et chasser au-dehors
Tous les bons sentiments que Dieu toujours inspire,
Mais qui sont repoussés par le fougueux délire.

Oui, l'épouse de Dieu, son précieux trésor
Est pour tous les chrétiens la belle lampe d'or
Dont la flamme en nos cœurs est comme une lumière
Qui du haut firmament se montre et nous éclaire;
Son exaltation est le secret du cœur
Que Dieu prouve et confie à sa terrestre sœur,
Dont l'âme méconnue est pleine d'amertume
De ne voir et sentir que le froid et la brume ;
Qui, malgré ses efforts et ses soins assidus,
Craint toujours du serpent les dards encor aigus
Qui voudraient s'agiter et s'élancer sur elle,
Par surprise lui faire une peine mortelle,
Si, pour calmer son mal et ses tristes effrois,
Elle ne s'abritait sous l'arbre de la croix.

Mais elle craint encor pour son fils, son ouvrage,
Qu'elle aime et qu'elle soigne avec tant de courage ;

Elle voudrait le voir, rempli de piété,
Préférer la sagesse et l'austère équité
A tous ces vains plaisirs que la folie invente
Et cherche à prolonger par sa flamme mouvante,
Mais qui consume vite.... ainsi qu'en un foyer
Un feu par trop ardent vient tôt incendier
Le bois le plus robuste.... Il serait comme une ombre,
Cet être qui devait compter des jours sans nombre,
Si de sa tendre mère alors le feu d'amour
Ne redoublait d'ardeur pour lui rendre le jour.
Elle combat le mal qui l'étreint et l'abîme ;
Marie, à son appel, l'encourage et l'anime ;
Et dans ce cœur flétri, perdu de désespoir,
Ses efforts maternels rappellent le devoir.

ÉPILOGUE.

Par la Mère de Dieu, les célestes bienfaits
Aux humains sont donnés sans retour désormais.
Eh bien, c'est un avis que le ciel nous adresse,
Afin que nous donnions nos vœux, notre tendresse,
Notre profond respect et notre attention
A ses aimables sœurs dignes d'affection,
Qui vivent avec nous dans le terrestre asile,
Et nous rendent la vie agréable et facile
Par l'accord si parfait d'une sage douceur
Qui verse sur la plaie un baume bienfaiteur.
Une sainte clarté dans leur commerce intime,
Jaillissant de leur âme aussitôt nous anime.

Car la femme reçoit des inspirations
De la bonne Marie : et ses impressions,
Se reportant sur nous avec délicatesse,
En conseils bien sensés, en vertus, en sagesse,
Répandent dans nos cœurs comme le plus doux miel
Qu'elle recueillerait d'une ruche du ciel.
Elle trahit ainsi sa première origine,
Tenant plus que la nôtre à l'essence divine.

Parfois en la voyant bien au-dessus de nous,
Nous sentons notre corps fléchir sur nos genoux,
Car nous reconnaissons que sa vertu féconde
En fait l'âme et l'esprit et la reine du monde.
Abjurons notre orgueil. Si nous nous disions roi,
Nous nous révolterions contre la sainte loi
Qui nous dit que la femme, en écrasant la tête
Au dragon de l'enfer, fit pour nous la conquête
De ce beau Paradis, que notre aveuglement
Nous avait fait fermer jusqu'à l'avénement,
Où l'Esprit-Saint viendrait, suivant les écritures,
La femme relever plus qu'autres créatures.

REIMS, IMP. DE E. LUTON.

www.ingramcontent.com/pod-product-compliance
Ingram Content Group UK Ltd.
Pitfield, Milton Keynes, MK11 3LW, UK
UKHW020451230726
13925UKWH00005B/1862